Princesse Histamine

Erik Orsenna
de l'Académie française

Princesse Histamine

Illustrations réalisées par
Adrienne Barman

Stock

ISBN 978-2-234-06500-0

Pour Marie-Françoise,
qui connaît la princesse mieux que personne.

Il était une fois la princesse Histamine.

C'est moi.

Je viens d'avoir onze ans.

L'heure est donc venue d'écrire l'histoire de ma vie. J'ai déjà bien plus de choses à raconter que la plupart des vieilles personnes.

Et l'avenir m'appartient. Je sens, je sais que je vais devenir célèbre. Et utile.

Allez, ne tardons plus. Mon récit commence.

Bienvenue au pays d'Histamine !

Mais attention !

Je suis dangereuse.

Voulez-vous vraiment faire ma connaissance ?

Je vous aurai prévenu : mon caractère n'est pas facile. Il paraît que je pique.

Vous savez comment mon père m'appelle ? « Petite bête malfaisante ». Toujours agréable à entendre. Pourtant, je ne fais de mal à personne.

Mais, je ne supporte pas :

1) qu'on me parle trop fort ;

2) qu'on m'approche de trop près ;

3) qu'on me donne des ordres ;

4) qu'on me touche les cheveux et qu'on tue les éléphants ;

5) la viande trop cuite, le Coca pas light ;

6) quand ma mère rapporte à mon père mes bêtises de la journée ;

7) quand mon père nous répète que nous ne serons jamais aussi belles que notre mère ;

8) quand mes parents s'aiment trop, c'est-à-dire presque tout le temps. Les médecins ont décrété que j'ai de l'asthme. Ils n'ont rien compris : c'est cet amour qui m'étouffe. Mes sœurs et moi, on manque d'air, on aurait besoin d'ombre.

Pour me consoler, je mange des piments. Depuis l'âge de neuf ans, je suis correspondante étrangère (merci, Internet !) de l'association américaine Chilehead. Elle rassemble les amateurs de piments vraiment forts. Pourquoi ils ne me brûlent pas ? J'ai longtemps réfléchi. Parce qu'ils m'ont reconnue. Je suis des leurs, je suis un piment humain.

Quand on m'attaque, je fais comme les piments, je réplique.

Le problème, c'est que je ne me contente pas de piquer, je suis aussi très jolie.

Prenons juste un exemple.

Mon nez.

Petit, rond au bout, un rien relevé et palpitant sur les côtés.

Il est parfait.

Ce n'est pas moi qui le dis mais les gens, dans la rue. Depuis ma naissance, tout le monde me félicite pour mon nez, hommes et femmes, jeunes et vieux, même les bébés en me voyant bavent plus que d'habitude. On m'arrête pour mon nez, on me le prend en photo de très près, on le mesure, on le dessine. Au début, je ne me méfiais pas. Je gloussais comme une dinde. Je me contentais d'être fière. Ça ne rapporte rien, la fierté. Maintenant, je sais. Ces personnes qui m'embêtent sont des chirurgiens esthétiques. Leur métier, c'est de refaire les seins, le nez. Pour les seins, c'est encore un peu tôt. Mais mon nez, ils l'imitent. Si vous voyez un joli nouveau nez sur votre mère, une chance sur deux qu'il soit une copie du mien. Alors maintenant, je fais payer : dix euros la photo. Trente, le dessin. Normal, non ?

Hélas !

Ce nez parfait, mon nez, fonctionne aussi bien qu'il est beau. Sous la merveille de ma peau se cache une terrible usine miniature capable de repérer, à plus de cinq kilomètres, le parfum le plus ténu mais aussi la puanteur la plus cachée.

Combien de fois ai-je grimacé, hoqueté ou pire, vomi, comme ça, sans prévenir, au beau milieu de la table familiale ? Comment faire comprendre à mes chers parents, alors que, à leur habitude, ils ne sentaient rien, rien que le remugle normal de la ville, et qu'ils hésitaient sur la conduite à tenir,

appeler d'urgence un médecin ou, tout aussi urgemment, me donner une fessée, comment leur faire admettre que la mauvaise haleine d'un très lointain agent de police venait d'agresser sauvagement mes narines ? Écoutez notre dialogue :

– Et où se trouve cet agent, Histamine ?

– Je ne sais pas, moi, quelque part vers l'ouest, de l'autre côté du carrefour…

– Et tu veux nous faire croire que ton flair porte jusque-là ?

Autre exemple : mes sœurs. Elles ont, chacune, mille milliards de défauts, mais elles sentent bon. Je ne peux, en toute bonne foi, leur retirer cette qualité-là. Leurs amies, c'est une autre histoire.

Comment ne pas répondre à leurs provocations incessantes? (Qui est plus sale qu'une fille?) Chaque fois qu'elles passent devant moi, elles exhibent leurs dessous-de-bras pas lavés depuis une semaine. Et je resterais comme une imbécile, à subir ces tortures, sans réagir? Alors je les frappe, peut-être un peu violemment, et je suis punie, une fois de plus, pour cet acte de «pure méchanceté».

«Décidément, ma fille, tu es une petite bête malfaisante!»

Vous n'avez pas encore compris le martyre de celle qui possède un trop bon nez?

Maintenant, écoutez l'histoire qui va suivre mais, surtout, ne la répétez pas.

Un jour, ma mère est entrée dans ma chambre.

– Histamine, tu es grande maintenant…

J'aurais dû me méfier, après ce trop gentil début.

– Je viens te demander de m'aider…

Une mère qui appelle sa fille à l'aide, vous imaginez ma stupéfaction. La suite allait me sidérer encore davantage.

– Tout ce que tu veux, maman.

15

– J'ai honte de te demander ça… une affaire d'adultes… et qui doit rester tout à fait secrète.

– Maman, pour qui me prends-tu ?

– Voilà…

Elle balbutiait, se tordait les mains, elle si sûre d'elle et cassante d'ordinaire, j'aurais voulu que ce moment-là de faiblesse dure une heure ; un peu plus, j'allais aimer ma mère.

– C'est à cause de ton père…

– Oui ?

– Tu ne crois pas que, depuis quelque temps… enfin… il me semble… il ne sentirait pas quelque chose de bizarre, le soir, quand il rentre du bureau ?

Que pouvais-je faire ? Mentir ? Quelle horreur ! Une fille ne doit-elle pas la vérité à sa mère ?

– Bien sûr, maman, ne t'inquiète pas, rien de bizarre, c'est juste l'odeur du « Cuir mauresque » de Serge Lutens.

À l'évidence, chaque soir, avant de rentrer du bureau, papa s'approchait de trop près d'une dame qui portait ce parfum.

Pour récompense, je reçus deux gifles.

L'une de ma mère, immédiatement.

– Tiens! Ça t'apprendra à faire du mal juste pour faire du mal.

Et l'autre de mon père, plus tard, et plus forte, avant le dîner. Ma mère avait dû lui téléphoner. À peine rentré, il se précipita vers moi.

–Tiens! Ça t'apprendra à mentir! Tu sais très bien que je sens seulement le savon du club de tennis. Allez, Histamine, dis la vérité à ta mère!

– Bien sûr, maman, papa ne sent pas «Cuir mauresque» mais le nouveau savon du club de tennis.

Ils s'embrassèrent dans le salon. Heureusement, les sanglots de ma mère lui bouchèrent les narines (sinon, elle aurait senti le «Cuir mauresque» de sa rivale). Ils sauvèrent leur mariage dans leur chambre, vers minuit, durant l'émission culturelle de France 2.

Le lendemain, au petit-déjeuner, ils se tenaient la main comme des amoureux.

maman

papa

17

CUIR MAURESQUE

– Histamine !

– Oui papa, oui maman ?

– Nous avons pris une décision : la pension.

C'est ainsi que je quittai (pour la première fois) le domicile familial, les joues rougies par les gifles mais la tête haute : mon père ne puerait plus de sitôt « Cuir mauresque » de Serge Lutens.

II

Dans cette pension, je ne suis pas restée long-temps. Pas plus que dans les suivantes.

Si les parents d'«enfants difficiles» (ou, d'ailleurs, ces «enfants difficiles» eux-mêmes) veulent des  renseignements sur les pensions, ils n'ont qu'à m'écrire. Je les connais toutes. Confort du dortoir. Cruauté du corps enseignant. Inutilité des cours. Taux de réussite au bac. Qualité de la cantine…

princesse@histamine.com

Je répondrai.

Et à ceux que ces techniques intéressent, je communiquerai aussi des recettes utiles pour se faire renvoyer.

Dans ce domaine, je suis la reine !

D'instinct, je connais les phrases qui fâchent, les attitudes qui choquent, les moments les plus appropriés.

Quand j'étais petite et encore igno-rante, je me faisais renvoyer de mon école en décembre. Erreur, gros-sière erreur. Mes parents étaient furieux et une fois sur deux me privaient de cadeaux à Noël. Maintenant que j'ai pris de l'âge, et, avec l'âge, de l'expé-rience, j'attends janvier. Janvier est une sorte de lundi : un moment vide où il ne se passe rien. La pé-riode idéale pour se faire renvoyer, ça met un peu d'animation dans les repas familiaux.

Que faire de quelqu'un comme moi ?

Comment venir à bout de ma terrible malfaisance ?

Mon père et ma mère ont tout essayé.

1) *le sport*

J'ai adoré.

La course à pied, ou le ski, ou la nage déclenchait en moi une petite pompe qui m'envoyait dans tout le corps des sensations délicieuses. Alors je ne sentais plus la fatigue, je continuais, je continuais. Pourquoi me serais-je privée de ces plaisirs ?

La nuit tombait. Je courais encore (ou nageais ou dévalais les pentes).

On était obligé d'aller me chercher à la lueur des phares.

Des médecins, consultés, m'ont déclarée «*addict*». J'ai consulté le dictionnaire. *Addict* : quelqu'un (ou quelqu'une) prisonnier (ou prisonnière) d'une passion en général mauvaise pour la santé. Exemples : le jeu, l'alcool, la drogue.

Bref, on m'a supprimé le sport.

Au double désespoir de la princesse Histamine (moi) et de mes entraîneurs qui me promettaient un grand avenir, peut-être même olympique.

2) *les calmants*

Mais que peut un calmant, même le plus puissant, contre une seule bouchée de pili-pili? Le combat ne durait pas longtemps. Je sentais dans mon estomac de délectables incendies: c'étaient mes amis piments qui calcinaient les petites pilules bleues, roses ou blanches ordonnées par le médecin.

3) *les psychologues*

J'en ai rencontré huit, cinq hommes, trois femmes, je les ai tous et toutes rendus fous et folles. Rien de plus facile que rendre fou un psy. Il suffit de lui sourire. Simplement, silencieusement, imperturbablement, interminablement, imbécilement. Que voulez-vous qu'il ou elle fasse d'un tel sourire? Je vous garantis

que, à condition de bien les exécuter, les sourires de ce genre, dont j'ai le secret, font perdre à jamais la raison.

*
* *

À force de triompher de tout le monde si facilement, on s'ennuie. Et je déteste m'ennuyer. Quand je m'ennuie, mes os me font mal, mon cœur s'arrête (presque), j'ai des vertiges et j'étouffe.

À ces moments-là, une seule personne peut me venir en aide : Suzanne, ma grand-mère.

Suzanne est, avec les piments, ma meilleure amie.

J'ai voulu les présenter, elle et eux. La rencontre a failli tourner au drame.

Sur la table de la salle à manger, un jour que mes parents nous avaient pour une fois laissées tranquilles, j'avais posé devant ma grand-mère une assiette pleine de mes piments préférés.

25

— Il faut que vous fassiez connaissance. Voici le Boule de Turquie (force 9) ; à côté, le Tiny Samoa (force 8 ou 9). Et là, sur la droite, le Bhut Jolokia, le plus agressif du monde.

Ni une ni deux, mon incroyable grand-mère a plongé une cuillère dans la foule de mes amis et, avant que j'aie eu le temps de réagir, elle les a engloutis.

Maintenant, je connais toutes les couleurs cachées dans le corps de ma grand-mère. Elle est

devenue rouge, verte, bleue, violette puis blanche, si blanche. J'ai cru qu'elle allait mourir. J'appelais le SAMU quand je l'ai entendue balbutier :

– Je te félicite ! Ils ont du caractère, tes amis !

Ma grand-mère est trop fragile : un rien la blesse. Au fond, je suis comme elle : tout m'agresse. Mais moi, je réagis en piquant. Elle a une autre technique : elle s'évanouit. C'est à cause de sa nature de princesse.

Je garde précieusement un numéro d'un journal disparu : *Le Petit Bleu des Côtes-du-Nord*. Daté du 31 juillet 1947.

Commune d'Erquy
Plein succès du Concours de plage !

Au beau milieu de la page, on voit la photo d'une fillette mi-joyeuse, mi-terrorisée. Elle porte une couronne :

La ravissante petite Suzanne, gagnante incontestée du championnat de princesses !

Les organisateurs s'étaient souvenus du conte : *La Princesse au petit pois*. Ils avaient posé sur la plage dix matelas très mous. Les petites filles qui, après les éliminatoires, prétendaient toujours au titre de « Première princesse de Bretagne », devaient s'y reposer. Seule ma très délicate grand-mère avait crié en s'allongeant sur le matelas n° 7. On l'avait soulevé. Il cachait un caillou minuscule.

« Sous les applaudissements d'une foule nombreuse et ravie, le député-maire d'Erquy a félicité la nouvelle princesse, avant qu'un bagad de binious ne lui donne une aubade méritée. »

Depuis ce 31 juillet, ma grand-mère s'est toujours considérée comme une princesse. Elle a supporté sans colère, avec sourire même, tous les échecs de sa vie, le départ de son mari, la modestie de sa carrière dans les assurances, le manque de considération de ses enfants. Contre les mauvaises nouvelles ou les humiliations, elle murmurait sa phrase fétiche, qui était pour elle le plus efficace des antidotes : « Un jour viendra, on reconnaîtra ma vraie nature. » Elle voulait dire bien sûr : ma vraie nature de princesse.

Et le fait qu'elle approche de la fin de sa vie, qu'elle devienne de plus en plus ridée, fragile, titubante ne changeait pas sa certitude.

– Je n'y peux rien, je suis une princesse oubliée de tout le monde peut-être, mais une princesse quand même.

Tous ses petits-enfants se moquent de sa folie plus ou moins gentiment. Sauf moi.

C'est pour cela, et pour toutes sortes d'autres raisons secrètes, qu'elle me préfère.

— Toi aussi, tu es une princesse, Histamine!

— Comment le sais-tu?

— Souviens-toi d'Erquy! Une princesse ne supporte rien, pas même les petits pois. Personne ne supporte aussi peu de choses que toi. On dirait que tu es agressée en permanence par des essaims de petits pois. Donc tu es une princesse.

– Tu m'as transmis tes pouvoirs.

– Drôles de pouvoirs !

Lorsque je vins lui demander de l'aide, un jour où je ne supportais plus de vivre, elle me prit le menton, longtemps, avant de hocher la tête.

– Il y a autre chose.

– Que veux-tu dire ?

– Tu n'es pas seulement une princesse, Histamine. Je ne suis pas ta seule ancêtre. Des dizaines et des dizaines d'hommes et de femmes nous ont précédées, toi et moi. C'est chez eux qu'il faut chercher.

– Chercher quoi ?

– Histamine, écoute-moi bien. La bonne question n'est pas : que faire de toi ? mais : d'où te vient cette force qui t'oblige à piquer ? Il faut que tu voies M. Almaviva.

– Mais tu le sais bien, il a pris sa retraite.

– C'est justement son nouveau métier qui nous intéresse !

Allez savoir pourquoi, nous avons toujours eu, dans notre famille, de gros problèmes avec nos montres. Au lieu de dire le temps gentiment, modestement, fidèlement, comme toutes leurs sœurs montres, nos montres à nous n'en font qu'à leur tête. Soudain, elles accélèrent, sans prévenir, ou ralentissent ou s'arrêtent avant de reprendre leurs tic-tac…

Et le fait qu'elles soient fort coûteuses ou bon marché, achetées chez Carrefour ou chez des bijoutiers n'y change rien. Nous avons tout essayé! Nous devons avoir quelque chose dans le poignet qui les détraque. Alors chaque fois, nous allions chez ce M. Almaviva pour qu'il tente de les réparer. Il y a des médecins de famille. Puisque nous sommes malades du temps, M. Almaviva était notre horloger de famille. Depuis sa retraite, nous nous sentions perdus. À qui porter nos montres? Ma conversation avec ma grand-mère-princesse me perturbait. Quel était donc le nouveau métier de notre cher M. Almaviva? Et pourquoi me concernait-il si directement?

Ma grand-mère-princesse n'a jamais voulu me répondre.

– Allons lui rendre visite. Je préfère qu'il t'explique lui-même.

Les princesses sont ainsi: blessées par un rien mais aussi maladivement obstinées et prêtes à mourir plutôt que de livrer un secret.

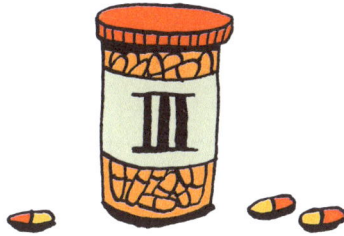

Je ne vous avouerai jamais mon vrai nom : il est trop laid. Tout le monde ne m'appelle plus qu'Histamine.

Je vous entends, chère lectrice, cher lecteur, je n'ai pas seulement un bon nez, mes oreilles sont hors pair, mes yeux parfaits, mon estomac capable de tout digérer, alors vous vous demandez à juste titre : pourquoi Histamine ? On dirait un médicament.

Je vais vous raconter.

L'histoire commence il y a cinq ans.

Mon petit corps, soudain, vers le printemps, se détraqua. Plus rien ne fonctionnait. Je mouchais, j'étouffais, je suais. Ma peau se couvrait de taches rouges. Mes yeux piquaient. Il me semblait qu'une armée de fourmis avait pris possession de mes jambes et y dansaient jour et nuit.

Ma mère m'emmena voir un médecin. Alors que je mourais de peur dans la salle d'attente, persuadée d'avoir attrapé une maladie mortelle, je ne savais pas que j'avançais vers la gloire. Une fille toute jeune s'approcha. D'habitude, je déteste la concurrence et ne supporte pas les jolies. Mais j'ai tout de suite aimé son visage de chat.

– C'est vous, le docteur?

Elle acquiesça. Elle aurait pu être ma grande sœur. Vous confieriez, vous, ce que vous avez de plus précieux, la santé, à votre sœur? Déjà, je me préparais à m'enfuir.

D'une phrase, ma fausse grande sœur me stoppa net :

– Je sais ce que tu as.

– Ah bon. C'est grave ?

– Allergie généralisée.

– Je t'ai posé une question. Je vais survivre ?

– D'abord, tu baisses d'un ton ! Moi, je suis allergique aux insolentes. Ensuite, oui, tu peux guérir. À condition de suivre les traitements que je vais te prescrire.

– Ça veut dire quoi, « prescrire » ? Ça vous amuse d'employer des mots inconnus et prétentieux ? Ou ça vous permet de vous faire payer plus cher ?

Le spectacle de ma mère me réjouissait. Je lui faisais honte. Je ne sais pourquoi, quel mauvais génie me pousse, j'adore fabriquer de la honte chez ma mère. On me demande souvent : d'où te vient ta si vive imagination ? J'ai la réponse, que je garde pour moi : depuis ma naissance, je n'ai jamais cessé d'in-

venter des moyens nouveaux pour torturer ma mère. Les autres filles font semblant d'aimer leur mère. Moi, je suis franche. Et logique. J'aime mon père à la folie. Donc je déteste de toute mon âme ma rivale la plus dangeureuse, la femme de mon père.

Je fixais les mocassins maternels. Ils pesaient, s'appuyaient sur le vilain tapis bleu de la salle

d'attente. Ils cherchaient à s'enfoncer. À l'évidence, ma mère aurait tout donné pour qu'une trappe s'ouvre, là, au beau milieu de ce bleu criard, et qu'elle y disparaisse.

En fait, j'avais raté mon coup.

Car la doctoresse éclata de rire.

– Je vois. Je vois à qui j'ai affaire. Gagnons du temps. J'ai choisi de soigner l'allergie. Pourquoi, d'après toi?

– Parce que, enfant, tu en as souffert. (Je savais que tutoyer un docteur spécialiste tétaniserait ma pauvre mère.)

– À la bonne heure! J'ai toujours su que les plus méchants des enfants étaient les plus intelligents.

– Bon, c'est toi qui l'as dit: ne perdons pas de temps, où veux-tu en venir?

– À ça.

40

Et elle me tendit la main. Je me rejetai en arrière.
Je vous le répète, je hais qu'on s'approche de moi.

– Qu'est-ce que tu fais ?

– Je te propose un contrat : tu arrêtes de m'emmerder et je te guéris. Précision : je me prénomme Isabelle.

Je réfléchis un quart de seconde.

– C'est d'accord, Isabelle !

*

*   *

Je ne vous embêterai pas avec la description des innombrables examens que j'ai subis. Sachez seulement qu'un infirmier chinois m'a griffé partout la peau du bras et que, sur chacune des égratignures, il a versé un liquide piquant. Je lui ai demandé de me tatouer, tant qu'à faire. Pourrait-il me montrer son catalogue, pour que j'y choisisse un motif qui me plairait ? L'infirmier chinois n'a pas apprécié mon humour. Je ne me marierai qu'avec un homme qui apprécie mon humour. Je sais, je sais, je risque d'attendre long-temps.

Et je ne vous surprendrai pas avec les résultats : désastreux. J'étais allergique à TOUT. Poils de chat, pollen des fleurs, grains de blé, lait, œuf, savons… insectes miniatures (en particulier les acariens, ces bêtes qui infestent les moquettes et les tapis, et pas seulement les vilains tapis bleus des cabinets médicaux).

Isabelle m'annonça la terrible nouvelle avec un air joyeux.

J'étais atterrée.

– Tu vas quand même me guérir ?

Elle ne me répondit pas tout de suite, trop occupée par son bonheur.

– Jamais, tu m'entends, jamais en onze ans d'études et en dix ans de pratique je n'ai rencontré, dans les livres ou dans la réalité, quelqu'un d'aussi atteint que toi ! Quelle chance j'ai, mon Dieu, quelle chance !

– Dis-moi la vérité, je vais mourir ?

Isabelle revint sur terre.

– Bien sûr que non! Tu vas voir! Je vais prendre soin de toi comme personne. Je crois même que je vais fermer mon cabinet pour ne m'occuper que de toi.

– Et comment allez-vous faire pour me soigner ?

– Je vais te désensibiliser.

– Ça fait mal ?

– Au contraire. Je vais t'apprivoiser.

– Bonne chance !

– Fais-moi confiance ! Je vais donner des leçons de paix à ton corps.

– Ça veut dire quoi ?

– Lui apprendre à ne pas voir des ennemis partout.

C'est à ce moment-là que la gloire m'a demandé de venir la rejoindre. Oui, la gloire. La célébrité, si vous préférez.

Car Isabelle a poussé son fauteuil près du mien et m'a tenu ce langage solennel :

– Ton cas est trop inté-ressant.

– Je te l'avais dit que j'étais passionnante.

– Peut-être… mais là je parle de tes allergies. Me

donnes-tu l'autorisation de les raconter dans un journal?

Moi, dans un journal! Vous imaginez ma réaction. Mon cœur ne fit qu'un bond. Une vague de fierté et de bonheur m'envahit.

– Un journal? Bien sûr que oui! Mais quel journal? *Match, Elle, Gala?*, *Point de Vue*, l'hebdomadaire des princesses?

Et là, première déception.

Isabelle me posa la main sur l'épaule.

– Tout doux, mademoiselle, tout doux. Le journal dont je te parle est anglais, écrit par des médecins et lu par des médecins. Tu vois, rien de bling-bling.

Ravalant ma déception, je lui demandai le nom de cette publication sinistre.

– *The Lancet.*

Ce titre me convenait : *lance, lancet*, il était pointu comme moi. Je donnai mon accord.

Une seconde déception m'attendait.

– Merci, dit Isabelle. Maintenant, il va me falloir des photographies de toi.

– Oh s'il te plaît, pas aujourd'hui, je suis affreuse ! Je m'étais écriée sans réfléchir.

Isabelle manqua d'étouffer de rire. Elle m'expliqua doucement que *The Lancet* n'avait pas besoin de mon ravissant visage mais seulement de mes rougeurs et de mes cloques.

– Bon. Je me sacrifie pour la science. Mais tu ne donnes pas mon nom.

Et avec son petit appareil numérique, elle mitrailla mon pauvre bras.

Si ça vous intéresse, vous pouvez lire l'article.

« Excess Histaminic Process : Consequences on the Development of a Pre-Ado Female. »

OK, on a vu plus glamour.

Mais vous en avez vu souvent, vous, des filles qui, dès six ans, sont les héroïnes d'un journal international ?

La gloire m'a fait un premier signe. Elle me rappellera. Je me prépare et je l'attends de pied ferme.

*

* *

« Tout cela est bel et bon, me direz-vous, mais ne nous dit pas d'où te vient ton nom d'Histamine. »

J'allais y venir.

C'est un cadeau du Dr Isabelle, le jour, triste jour, où elle m'annonça la fin de nos rendez-vous.

– Je rends les armes, Histamine. Je croyais, avant toi, connaître mon métier. J'ai tout essayé. Mais avec toi, je n'arrive à rien. Je ne suis même pas parvenue à te désensibiliser du pollen. Essaie un autre médecin. Au revoir, Histamine ! Et bonne chance ! Désolée !

En l'entendant m'annoncer la nouvelle, j'hésitais entre rire et pleurer.

Les larmes me venaient aux yeux à l'idée de ne plus revoir mon cher Dr Isabelle. Mais en même temps, j'avais envie d'applaudir, de m'applaudir moi-même. Je le savais, je le sentais, j'avais tout pour devenir une artiste (une actrice) immense. Mais comment une personne «désensibilisée» pourrait-elle être une artiste immense? La première racine de l'art n'est-elle pas, justement, une sensibilité extrême et indomptable?

– Docteur Isabelle, une dernière question.

– Vas-y, mais presse-toi: ma salle d'attente est pleine.

– Pourquoi m'as-tu appelée Histamine?

– Oh, pardon! Ça m'a échappé. Je simplifie. Les histamines sont de toutes petites personnes très utiles, présentes dans notre corps. Tant qu'elles ne

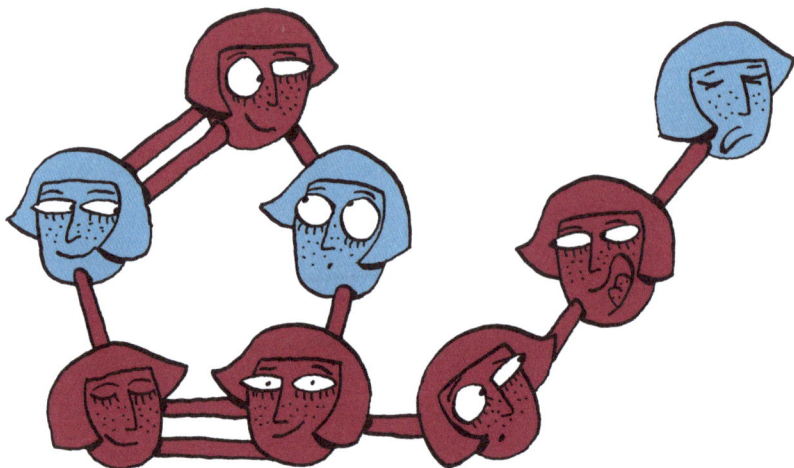

se sentent pas agressées, elles participent au travail des cellules. Mais si un ennemi se présente, par exemple le pollen d'une fleur ou un poil de chat, elles changent soudain de nature et passent à l'attaque. Jusqu'alors inoffensives et douces, elles deviennent redoutables et dérèglent tout : elles emballent le rythme du cœur, couvrent la peau de grandes plaques rouges qui démangent, emplissent l'estomac de liquide acide, bloquent les bronches, empêchent de respirer…

– Alors, tu as raison. C'est tout moi, Histamine ! Gentille quand on me laisse vivre. Féroce autrement. Merci, docteur Isabelle ! Tu ne m'as pas guérie mais tu m'as donné mon nom. Allez, au revoir ! Je te souhaite des malades plus faciles !

IV

M. Almaviva, l'ancien réparateur de montres, avait déménagé.

Pour lui rendre visite, nous dûmes, Suzanne et moi, prendre un premier train (désert), attendre deux heures dix-sept au buffet (désert) d'une gare (déserte) avant de monter dans une micheline joyeusement animée par une bande de vieillards, hommes et femmes. Ils portaient tous l'uniforme des randonneurs : chapeau de toile beige, gilet multipoche beige, short beige, chaussettes blanches, chaussures beiges. Et, accroché à leur sac à dos, un filet.

Le mystère de leur expédition fut vite éventé : ils ne parlaient que de papillons.

Quand ils nous demandèrent, très poliment, la raison de notre présence sur cette ligne si peu fréquentée, à peine avais-je ouvert la bouche pour répondre que ma grand-mère avait déjà coupé court à toute curiosité.

– Secret de famille !

Les ancêtres n'en parurent pas offusqués et retournèrent à leurs papillons.

Ma grand-mère se replongea dans ses documents. Elle avait emporté deux valises de papiers, la plupart très anciens, recouverts de lignes à l'écriture serrée. Je me demandais comment M. Almaviva pourrait s'y reconnaître.

Ma grand-mère n'avait pas ces inquiétudes.

– Je lui fais toute confiance. Il saura dégager notre arbre de tout ce fatras.

– Quel arbre ?

– Patience, Histamine. Tu le découvriras bien assez tôt.

Elle chuchotait pour que les chasseurs de papillons n'entendent rien. Précaution inutile. Ils avaient décroché leurs filets et comparaient la performance de chacun avec de grands gestes un peu grotesques dont la maladresse était accentuée par les cahots de la micheline. Ils nous avaient oubliées.

– J'ai d'autres craintes. Tu veux que je te dise? Je tremble! Almaviva est un incomparable fouineur. Que va-t-il découvrir dans notre passé?

– Mais notre famille est honorable, tout de même?

– Qui peut l'affirmer?

*

* *

De l'extérieur, on aurait dit une petite maison, semblable à toutes les autres. Mais, sitôt la porte poussée, on pénétrait dans une forêt. Qu'est-ce qu'une forêt? «Une étendue de terrain peuplée d'arbres.»

Après avoir vécu parmi les roues dentées (les engrenages des montres qu'il devait réparer), M. Almaviva habitait désormais parmi les arbres. Punaisés aux murs, étendus en piles sur le lit, entassés sur le sol. Il fallait, en marchant, prendre soin de n'en écraser aucun.

M. Almaviva nous avait ac-
cueillies en bougonnant.

– Bonjour, bonjour. Quel
est votre nom déjà ? Suzanne
et Histamine ? Bien
sûr que je me rap-
pelle. Déposez là
vos documents.
Pas ici, voyons !
Vous allez dé-
chirer l'arbre
des Ormesson !

Peu à peu, les
souvenirs lui revenant, le
bon vieux temps des montres
cassées, il s'était adouci.

Et moi, je commençais à
comprendre quelle était la
nature de ces arbres de papier.

D'enthousiasme, ma grand-mère battait des mains.

– Oh, Histamine! Quelle belle chose que la généalogie!

– C'est quoi ce mot bizarre?

– C'est la science des familles.

– Tu tombes mal, je les déteste.

– Histamine!

Ma grand-mère m'avait rappelée à l'ordre. Je me calmai à l'instant. À elle, pas question de faire honte. Et j'ordonnai à mon visage de sourire. Personne ne résiste à mes sourires. M. Almaviva tomba sous le charme. Comme tout le monde.

– Tu veux que je te montre comment on dessine un arbre généalogique?

– Oh, monsieur Almaviva, ce serait si gentil!

Il me confia un porte-plume et un petit bol d'encre de Chine.

– Voici: tu commences par le tronc. Adam et Ève se marient. Ils ont des enfants: chacun ouvre une branche.

– Formidable! Merveilleux! Vive la généalogie!

Pour faire plaisir à ma grand-mère Suzanne, je m'étais métamorphosée en petite fille modèle.

Laquelle grand-mère-princesse profita de l'exercice pour expliquer la situation à M. Almaviva : la nature délicieuse, mais le caractère, il faut l'avouer, insupportable, de sa petite-fille, son agressivité permanente, sa tendance à s'inventer sans cesse de nouveaux drames, sa douleur de vivre, bref, l'histoire d'Histamine mille fois entendue…

– Alors, de même que, moi, j'ai hérité ma nature de princesse de mon arrière-arrière-grand-mère née Mortemart, je me dis que ma pauvre et ravissante petite-fille doit avoir hérité d'un ancêtre irritable.

– Il n'y a pas d'autre explication possible. Vous avez bien fait de venir, je vais trouver dans votre arbre celui ou celle qui gâche la vie de cette petite merveille.

Un coup d'œil au cadran solaire de la mairie fit sursauter M. Almaviva.

– Mais qu'est-ce que je fais à babiller alors que je dois finir au moins dix arbres pour lundi prochain ?

Toujours curieuse, je demandai de quelles familles il s'agissait.

– Désolée, Histamine, secret professionnel.

Je lui refis mon fameux sourire. Il céda tout de suite.

– Bon, Histamine. Mais ne le répète à personne : les Benabar, les Sarkozy, les Ferrari…

– Rien que ça !

Avec un grand sourire désolé, il nous chassa.

– Inutile de me harceler ! Je ne peux avancer qu'à mon rythme. Je vous enverrai votre arbre dès que je connaîtrai toutes ses branches.

Sur le quai de la gare déserte, nous retrouvâmes nos chasseurs de papillons. Ils se passaient et repassaient de petites boîtes où étaient épinglées leurs découvertes.

– Tu imagines, Histamine ? Si tu descendais d'un animal gentil, par exemple un koala, quelles manières douces tu aurais !

Elle ne croyait pas si bien dire. Regardez les magazines. La plupart des princesses sont idiotes et ne savent que sourire bêtement le jour de leur mariage et pleurer tous les jours suivants. Mais quand une princesse est intelligente, aussi intelligente que ma grand-mère, elle devine tous les secrets, même les plus extravagants.

V

Une année passa.

Le temps de me faire une nouvelle amie et dix-huit nouveaux ennemis. Par exemple, notre voisine du dessus. Si elle arrêtait de me réveiller chaque matin, à six heures, en allant et venant avec ses sabots, aurais-je besoin de l'insulter dans l'ascenseur? Et si mes parents avaient le courage de lui dire en face ses quatre vérités, à cette pourriture de bruyante odieuse, aurais-je eu besoin de lui incendier ses deux bacs de géraniums? Je recommande ma technique à tous les voisins du dessous torturés. Vous savez ce qu'est une tête-de-loup? Un long bâton prolongé d'une sorte de perruque. Ça sert normalement à traquer la poussière dans les recoins des plafonds. Imbibez bien d'alcool à brûler la perruque. Allez sur le balcon. Si vous n'êtes pas assez grand(e), montez sur une chaise. Frottez une allumette. La perruque prend feu. Il vous suffit de l'approcher des fleurs chéries de la petite dame du dessus.

En deux minutes, vous êtes vengé(e)!

Bref, je suis comme ça: ou on accepte mon caractère de princesse étrange, et alors on m'aime

pour la vie, ou on me déteste pour toujours, dès le premier regard. Je ne sais pas susciter de sentiments tempérés. Logique : je hais la tiédeur.

Je ne m'intéresse qu'aux extrêmes. Plus tard, je me vois bien vivre sur l'un des pôles. Ou sous l'équateur. Le très froid, le très chaud. Trouverai-je un mari qui me supporte ? On verra bien.

J'avais presque oublié M. Almaviva lorsque, fouillant dans le sac de ma grand-mère (je vous ai déjà prévenu, je suis une curieuse maladive), je tombai sur une lettre. On aurait dit que son grand timbre coloré m'appelait. Il représentait un bison. Je l'apportai triomphalement :

— On t'écrit des États-Unis, maintenant ? Tu as un amoureux là-bas ?

— Ça ne te regarde pas. Allez ! Rends-la-moi ! Tout de suite !

Je négociai :

— Je te la rends si tu m'expliques.

Furieuse, elle se précipita vers moi. Comme je cours plus vite, elle fut bien forcée de céder.

— Almaviva me donne des nouvelles.

– Quelles nouvelles? Pourquoi d'Amérique?
Notre famille est américaine, c'est ça? Pourquoi ne
m'as-tu pas prévenue?
Et je dansai de joie, avant de m'arrêter net.
– Mais dis-moi, qui paie son voyage?
– Ça ne te regarde pas.
– Ne me prends pas pour une idiote. Tu as tant
d'argent que ça?
– J'ai des économies.
– Et tu crois que ça vaut le coup? Après tout, on
s'en moque du passé. On aurait pu y aller toutes les
deux aux États-Unis.
– Nous n'aurions pas trouvé ce qu'il a trouvé.
– Pourquoi? Notre famille a un mystère? Un se-
cret américain? Raconte. Oh, s'il te plaît, raconte.
– Almaviva n'est encore sûr de rien. Je te jure
que je te préviendrai quand il aura fini son enquête.
Maintenant, si nous reprenions notre rami?
Je perdis trois parties de suite. D'habitude, je
déteste perdre, sauf avec ma grand-mère. Quand
je perds, elle rajeunit. Je me dis que si je perdais
tout le temps, elle retomberait en enfance et ne

mourrait jamais. Mais ce jour-là, ce n'est pas cette stratégie de sauvetage de ma grand-mère qui me fit perdre. J'avais d'autres idées (américaines) en tête. Je décidai de surveiller de très près le courrier de ma grand-mère.

*

*   *

Le Caire,
3 décembre 2007.

Madame,

Poursuivant la mission que vous m'avez confiée, je me suis rendu en Égypte où j'ai constaté :
1) que votre famille y a très longtemps sé-journé, dans les années 1895-1930 ;

65

2) que votre ancêtre Gabriel Lordereau y exerçait, en tant qu'ingénieur, des responsabilités importantes à la Compagnie du Canal de Suez. Sa fille Claire se passionnait pour les civilisations pharaoniques. Elle se joignait volontiers aux équipes d'archéologues. Selon une rumeur, elle aurait même participé à la découverte de la tombe de Toutankhamon (1922).

Cette rumeur est-elle fondée ?

Au cours de ses recherches, elle s'est rapprochée de certaines sociétés secrètes qui perpétuaient des pratiques religieuses très anciennes, rendaient hommage au soleil et déchiffraient les hiéroglyphes. Pour en mieux comprendre le sens, ces personnes se déguisaient en chacals, en scarabées et en fleurs de lotus. L'ibis était leur oiseau-totem.

Décédée au Caire le 3 juillet 1924, c'est-à-dire en pleine jeunesse, a-t-elle été victime de la fameuse « malédiction des pharaons » qui frappa tous les archéologues ayant pénétré dans cette sépulture ?

Si vous décidez que ces recherches, à tout point de vue délicates, doivent être menées à leur terme, veuillez dans les meilleurs délais transmettre la somme de 3000 euros à l'agence Western Union du Caire, code X397548.

Croyez en mes souvenirs généalogiques les plus attentifs.

E. Almaviva

P.-S. : À l'évidence, je décline toute responsabilité des conséquences que pourraient entraîner mes révélations.

*

*   *

Chicago,
13 août 2008.

Madame,

Je conclus de mes dernières recherches :
1) qu'une branche de votre famille s'est, vers le milieu du XVIIIe siècle, installée en Amérique du Nord, entre le fleuve Saint-Laurent et le grand lac Ontario ;
2) que son but était de développer un commerce de peaux d'animaux sauvages (ours, renard, castor) ;

68

3) qu'elle a noué, à cette occasion, des liens étroits avec les Indiens iroquois qui habitaient l'endroit.

Quelle fut la nature de ces liens ?

L'un ou l'autre de vos ancêtres a-t-il vécu (de gré ou de force) dans l'une de ces « tribus » peaux-rouges ?

Des mariages et des naissances s'en sont-ils ensuivis ?

Vivant en contact étroit avec la nature, vos ancêtres ont-ils été conduits à se rapprocher mentalement des bêtes qu'ils chassaient ? L'un a peut-être cru qu'il devenait zibeline, l'autre qu'il se changeait en caribou. Ce sont des choses qui arrivent quand on passe trop de temps seul dans la forêt.

Voulez-vous que je tente de répondre à ces questions ? Je tiens à vous prévenir que certaines vérités, quoique très anciennes, pourraient gêner votre famille. Souhaitez-vous que je poursuive ou que j'arrête là mes investigations ?

J'attends vos instructions.

Dans le cas où vous décideriez la continuation de l'enquête, veuillez transférer dans les meilleurs délais la somme de 2 500 dollars à l'agence Western Union de Chicago, code F 37 548.

Croyez à mes sentiments généalogiques les plus attentifs.

E. Almaviva

Serait-il possible que ma grand-mère ait deviné juste ?

Se pourrait-il que je descende d'un animal sauvage ?

VI

Et puis, un jour, ma vraie vie a commencé.

Le jour où mon arbre est arrivé par la poste.

Plus de dix-huit mois avaient passé depuis notre visite dans la forêt de M. Almaviva. J'étais certaine qu'il m'avait oubliée, ou, ce qui revient au même, que l'histoire de ma famille ne l'intéressait pas.

À peine avais-je repéré la grosse lettre marron chez ma grand-mère, à peine l'avais-je rapportée chez moi, à peine en avais-je sorti l'arbre et l'avais-je étalé sur mon lit que ma mère, suivant sa détestable habitude, entra sans frapper dans ma chambre.

– C'est comme ça que tu révises ton interro de chinois! Qu'est-ce que c'est que ça?

– Ça, comme tu dis, c'est moi!

Elle m'arracha l'arbre, ainsi que la note explicative qui l'accompagnait, et m'enferma. Je crus qu'elle me tournait deux fois la clé dans la tête.

Je l'entendis courir vers le téléphone. En hurlant, elle convoqua mon père et ma grand-mère. Ils arrivèrent sans tarder. Je passai les deux heures suivantes l'oreille contre ma porte. Peine perdue. Impossible de suivre leur débat. Quel secret révélait donc cet arbre qui déclenchait tant de violences ?

Je m'endormis.

Quand je m'aperçois qu'il ne me sert plus à rien de rester éveillée, j'ai cette tactique : je clos les paupières et je plonge dans le sommeil, d'un coup. Je vais chercher de la tendresse dans les rêves.

*

* *

J'ouvris les yeux. Il faisait nuit et j'avais mal au crâne. Je me souvins que dans mon rêve je surfais sur une vague très haute. Sans doute avais-je dû tomber et heurter ma planche. Je revins peu à peu à la réalité. On frappait à ma porte.

— Qui est-ce ?

— Papa. J'ai à te parler de… choses… graves.

Je ne sais pas vous, mais moi dès qu'on me parle d'une voix douce, je flaire le piège et je me ferme. Pourtant, quand cette douceur est celle de mon père, je sens fondre mes piquants. Je m'écartai pour le laisser entrer. Il n'osait pas me regarder dans les yeux ; on aurait dit qu'il avait rétréci, il ressemblait à un petit garçon obligé d'avouer une mauvaise action. Il tenait l'arbre à la main.

Il s'assit sur le lit.

– Pardon, Histamine. J'aurais préféré que M. Almaviva ne fouille pas dans nos affaires familiales. Mais maintenant que le mal est fait…

Il déplia l'arbre. Parmi tous les noms, je repérai instantanément, juste en face de Françoise Chavigny (1727-1788), un dessin d'animal.

– Que vient faire ce loup dans cet arbre ?

– Justement, justement, c'est là le problème. Mais ce loup est un renard. Voilà pourquoi tu es si rusée.

– Tu veux dire que je descends d'un… renard ? Les Chavigny ne sont-ils pas ceux qui ont vécu avec les Indiens ?

– Je voulais t'en parler depuis longtemps, mais je n'osais pas.

– Et là, quel est cet oiseau à côté de Marie-Thérèse Lordereau (1791-1850) ?

– C'est une sterne, une espèce d'hirondelle qui n'aime que les bords de mer.

– Comme toi !

– Exact ! Continue.

– Tu veux dire qu'il y a d'autres animaux dans notre famille ?

– Pas officiellement. Mais si on allait examiner de plus près l'autre partie de l'arbre, du côté de ta mère…

Il baissa la voix. Et me raconta que, la veille de son mariage, il avait reçu une lettre.

– Tu penses bien que je me rappelle chacun de ses mots. *Tu t'apprêtes à épouser une fille et petite-fille de hérisson. Chacun ses goûts.*

– Et c'était signé ?

– Comme d'habitude dans les lettres anonymes : *Quelqu'un qui te veut du bien.*

— Tu n'as pas voulu en savoir plus avant de dire «oui»?

— Quand on est amoureux… Mais maintenant j'en suis convaincu: celui qui me voulait du bien disait la vérité. De plus en plus d'indices le confirment. Les ancêtres de ta mère ont vécu en Corse, un pays où pullulent ces petites bêtes.

— Sois franc, papa. Tu regrettes?

— D'avoir épousé ton hérissonne de mère? Jamais. Je vois mes amis. Ils s'ennuient à mourir dans leur mariage. Moi, jamais. Comment t'ennuyer quand tu es piqué tout le temps?

Mon père souffla un grand coup.

— Bon, si on fêtait ça?

Il revint avec une bouteille dont il semblait attendre beaucoup.

Et c'est ainsi que je fis la connaissance (trois gorgées) de quelqu'un dont je devine qu'il deviendra un cher ami plus tard: le vin rouge (de qualité).

— C'est tout, comme animaux?

Mon père eut ce rire que j'aime tant : une vraie joie l'envahit, alors il retrouve le visage qu'il devait avoir enfant.

– Déjà pas mal, non ? Tu voulais quoi parmi nos ancêtres : un tigre, une baleine, un boa constrictor… ?

Je n'avais jamais prêté attention à ce geste de mon père quand il rit : il replie ses bras et les soulève, plusieurs fois.

Il surprit mon regard et s'arrêta net. Trop tard.

– Dis-moi, papa. C'est à cause de ton ancêtre la sterne que tu fais l'oiseau ?

— Personne ne s'en est jamais rendu compte. La lampe de ma chambre n'est pas très puissante. Il m'a pourtant bien semblé qu'il avait rougi. Malgré son embarras, je continuai mon interrogatoire.

— Ça te prend souvent ?

— Quand je sens venir une crise… Je ne sais pas si je devrais te raconter ça…

— Au point où on en est !

— Je monte dans le grenier.

— Et tu t'envoles par le Velux ?

— Très drôle ! Cet ancêtre-là est lointain. Son influence s'estompe. Rien à voir avec la force du hérisson en toi !

— Je comprends mieux mes piquants.

— Je ne te le fais pas dire. Et ceux de ta mère.

— Maintenant, il va falloir m'expliquer comment tous ces animaux sont entrés dans la famille.

— C'est une longue histoire !

Nous sommes restés ainsi à parler toute la nuit. Nous étions assis sur le lit, côte à côte. Je sentais l'épaule de mon père contre la mienne. J'essayais de respirer au même rythme que lui. Nous ne nous

regardions pas. Nos yeux ne guettaient pas l'arbre étalé sur le parquet, cet arbre-là où un renard, une sterne et un hérisson nous narguaient.

Je croyais les entendre : «Alors, Histamine, ça te fait quoi de nous avoir pour ancêtres ? Tu te croyais humaine, seulement humaine, c'est-à-dire supérieure ? Eh bien non, Histamine, pour une part tu es aussi l'une des nôtres, un animal !»

La nuit devint plus claire. Lorsque, dans la rue, les réverbères s'éteignirent, mon père se leva.

– Allez, Histamine, tâche un peu de dormir. Pardon d'avoir été si long.

– Tu veux dire : d'avoir mis si longtemps à m'avertir ? Pas de problème. Je me doutais bien que je n'étais pas normale. Papa ?

– Oui ?

– Tu crois qu'il y a beaucoup de familles anormales comme la nôtre ?

– Sans doute. Comment savoir ? Il n'y a rien de plus verrouillé que les secrets de famille.

– Je vais tenter de deviner lesquels de mes amis descendent aussi d'animaux.

– Bonne idée! Et maintenant, dors!

– Papa?

– Quoi encore?

– Que vais-je devenir?

– On en parlera plus tard.

– Dis-moi… un peu… pour m'aider. Je n'ai pas du tout sommeil.

– Alors juste un mot, un conseil : ne fais pas comme moi. Je me suis acharné à oublier la sterne dont je descends. Quelle imbécillité! Tu imagines quel meilleur père j'aurais pu être? Si j'avais été un peu moins lourd, un peu plus oiseau? Donne une place à l'animal, aux animaux qui sont en toi.

Rentrée.

Le professeur principal, M. Bréchut, venait de nous présenter le programme pour l'année. C'était un petit monsieur très élégant avec un costume blanc, un gilet jaune et des chaussures rouges. Quand il parlait, son visage se plissait. De bonne humeur ou de tristesse ? Impossible à savoir. En tout cas, il devenait chinois.

– Vous voici en sixième… hi, hi, hi. La première des grandes classes… efforts nécessaires… matières difficiles, hi, hi, hi… décisive pour votre avenir…

J'ai levé la main. Et pour être mieux vue, me suis dressée.

– Mademoiselle…

– Histamine.

– Pardon, mademoiselle, je ne peux encore connaître tout le monde, n'est-ce pas ? Hi, hi, hi. Mademoiselle Histamine, hi, hi, hi, on m'a parlé de vous, enchanté. Je vous écoute.

– Je veux être orientée.

– Pardon ?

— Le ministre l'a dit : tous les élèves, dès l'entrée en sixième, seront désormais reçus par un conseiller d'orientation. Je viens d'entrer en sixième, je réclame mon orientation.

— Plus tard, Histamine. Je prends bonne note de ta demande. Maintenant, rassieds-toi. Et vous tous, prenez vos cahiers.

Vous connaissez Histamine.

Quand elle a quelque chose dans la tête… elle ne l'a pas autre part.

(Pardon pour la légère vulgarité de cette phrase, je la tiens de ma grand-mère. Parfois, Suzanne se lâche.)

Je ne me suis pas rassise.

Joie des autres élèves. Vacarme des pupitres qui claquent. Étonnement des pigeons du marronnier de la cour… Air perdu de M. Hi-hi-hi.

Arrivée du principal.

– Histamine. Encore toi! L'été ne t'a pas mis de plomb dans la tête, on dirait. Je vais te mater, moi!

Malgré ces débuts difficiles, les relations entre le principal et moi se sont vite améliorées. Une fois dans son bureau, nous avons discuté tranquillement, entre personnes intelligentes. Il est tombé d'accord avec moi. Dans mon cas, l'orientation était non seulement nécessaire, mais urgente.

– Mais tu ne peux pas attendre que notre conseillère s'installe un peu? C'est une débutante.

– Non. Tout de suite. J'en ai trop besoin. Je suis perdue. Et quand je suis perdue, tout peut arriver.

– Ça, je m'en doute!

C'est ainsi que je me suis retrouvée parmi les cartons. Mlle Marie-Martine Gérard, un fichu sur la tête, rangeait ses affaires. À vue de nez (je reconnais les âges aussi bien que les odeurs), elle avait

juste vingt-deux ans. Donc fraîchement sortie de formation.

En m'apercevant, elle bondit en arrière, comme si j'étais (ce que je suis) une bête sauvage.

À l'instant, je me radoucis, ravie de mon effet. Et je lui prêtai main-forte.

Quand le principal revint, une heure plus tard, pour me prier, très poliment je dois dire, de réintégrer la classe, il ne me reconnut pas. Quelle était cette douce, souriante et serviable jeune fille ? Où donc avait disparu la rugueuse Histamine, ronchonne et seulement préoccupée d'elle-même ?

*

*   *

Le petit bureau de Marie-Martine Gérard est devenu mon refuge.

Chaque fois (c'est-à-dire souvent) qu'une envie de mordre ou de hurler me prenait, je courais me calmer chez elle. M. Hi-hi-hi ne protestait plus.

86

Il me laissait partir, en m'encourageant même d'un murmure, au passage. « Bonne orientation, Histamine. » Marie-Martine Gérard écoutait, fascinée, l'histoire de mon arbre. Elle ne se lassait pas de m'entendre raconter mes origines, la forêt canadienne, les tombes égyptiennes…

– Tu jures que tu ne mens pas, Histamine ?

Je lui montrais les documents d'Almaviva. Elle frissonnait.

– Mon Dieu, aidez-moi ! Il n'y a qu'une élève comme elle. Il a fallu que ça tombe sur moi.

À l'école des orientateurs, on lui avait appris comment guider dans ses études un garçon intelligent qui veut construire des ponts ou une fille imbécile et laide qui se rêve esthéticienne-présentatrice TV. Mais que faire d'une Histamine ?

Il ne faut pas croire que je ne lui donnais rien en échange.

Moi aussi, je l'ai orientée.

Un jour, plus rougissante encore que d'habitude, elle m'a demandé :

– Je peux te parler, Histamine ?

– Bien sûr.

– C'est intime.

– Marie-Martine Gérard, on perd du temps. Ou tu craches ton secret ou je retourne en classe.

L'idée de se retrouver seule lui a donné du courage.

– Voilà, c'est mon fiancé.

– J'en étais sûre.

– Comment as-tu deviné ? Il veut me quitter.

– On ne peut pas dire que je sois surprise.

Elle s'est mise à pleurer.

– Pourquoi, je suis si laide que ça ?

Je l'ai prise dans mes bras, mon orientatrice, je l'ai consolée. Ce crétin d'amoureux – catastrophe d'amoureux – l'avait

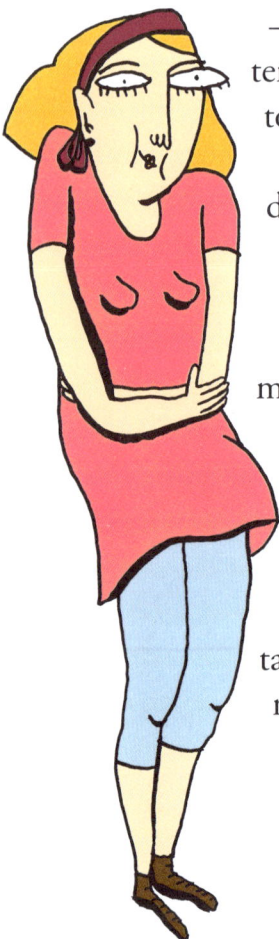

traitée de «fadasse», d'«étoile de mer morte», de
«trop sage» et, pire, d'«ennuyeuse au lit».

Nous avons regardé dans le dictionnaire la
définition. «Fadasse: qui manque de goût, de saveur.»

J'ai hurlé:

– Toi, si belle, si appétissante, manquer de
goût, de saveur?! Ton manque, c'est
pas ça.

– Dis-moi mon manque,
Histamine.

– Ton manque, c'est mon
trop-plein: la barbarie!

Qui a sauvé ce couple?
Histamine!

Qui a montré à Marie-
Martine Gérard comment on
mord, comment on griffe,
comment on peut se changer
en tigresse, si besoin est?

Histamine!

89

D'accord, Marie-Martine Gérard n'est pas douée. Toujours, sa douceur revient. Quelle plaie, la douceur! Mais elle progresse, Marie-Martine Gérard. Juré, je ne désespère pas d'en faire un jour une quasi-sauvage. En tout cas, pour le moment, son fiancé ne parle plus de la laisser choir.

Quand il vient chercher sa chérie à l'école, il ne se doute pas, ce gros tas de mec, de ce qu'il me doit.

Alors, au lieu de ne pas me distinguer dans la morne foule des élèves, au lieu de me confondre avec tous ces médiocres, il ferait mieux de me sourire et de m'inviter dans sa grosse voiture puante mais décapotable.

∗

∗ ∗

C'est Mlle Marie-Martine Gérard qui me trouva LE stage.

— Ça te dérange de manquer le 24 décembre dans ta famille?

– Au contraire. Je hais les sapins. Et plus encore les cadeaux déposés dans les souliers. Après, ils sentent le pied toute l'année.

– Parfait. Une ferme t'attend.

– Quel genre de ferme?

– Je te laisse la surprise. En attendant, tu travailles, d'accord?

D'accord.

C'est ainsi, grâce aux miracles de l'orientation (merci M. le ministre, merci Mlle Marie-Martine Gérard), que j'ai rejoint un pays que je n'avais jusqu'alors observé que de loin, de très loin: la tête de classe.

Qu'est-ce qu'une ferme *normale*, pour vous ?
Réfléchissez.
Une grande maison au milieu des champs.

Avec des vaches, des chevaux, des poules, des cochons (pas toujours) et des lapins (hélas, les clapiers se font de plus en plus rares).

Dès ma descente du car, profitant d'un retard du propriétaire, je me suis mise à inspecter les lieux. Un vieux gardien tentait de courir derrière moi mais ses jambes malades le laissaient loin derrière. Alors il criait :

– M. le vicomte n'aimera pas, M. le vicomte déteste qu'on visite sans lui !

J'avais beau chercher, je ne trouvais aucun animal, pas le moindre. Mon cœur se serra.

Et si Marie-Martine Gérard m'avait envoyée dans un piège ?

Quand le maître des lieux a fini par arriver, je me suis plantée devant lui et l'ai fusillé du regard. Peu de gens résistent à la colère de mes yeux.

– Vicomte ou pas, tu me dis la vérité! C'est une fausse ferme, c'est ça? Allez, avoue. Tu caches quoi comme trafic?

Pauvre vicomte!

Personne n'avait jamais dû lui parler sur ce ton. Il avait belle allure avec son chapeau de paille, ses yeux bleu profond.

D'abord, il n'a rien répondu.

Il s'est contenté de me fixer.

Duel de regards.

Yeux noirs contre yeux bleus.

Personne n'a cédé.

Égalité pour la première manche.

Mais, à ma honte éternelle, il a remporté la seconde. Grâce à sa voix. Calme et implacable.

— Mademoiselle, il faut que vous sachiez, je supporte tout, sauf l'impolitesse. En conséquence, ou vous vous conduisez avec civilité, ou, à l'instant, vous quittez ce lieu que votre grossièreté pollue.

Un silence total s'ensuivit.

Même les corneilles, posées sur le grand sapin, attendaient ma réponse.

J'ai tendu la main.

— Bonjour, monsieur. Bien aimable à vous d'avoir accepté ma candidature. Croyez que je ferai tout mon possible pour mériter cette confiance. Vous préférez ce début ?

— À la bonne heure. Je me présente. Ambroise de Fleurus. Bienvenue.

La Terre s'est remise à tourner et les corneilles ont repris leur vacarme.

Alors il s'est penché vers moi, tout près. Quelle horreur! J'ai cru qu'il allait m'embrasser. J'ai crié.

– Qu'est-ce que vous faites?

– Je regarde vos narines.

– Et pourquoi donc? C'est dégoûtant.

– Je veux savoir si vous allez rester.

– Je ne comprends pas.

– Personne ne supporte l'odeur des animaux que j'élève. Leur urine pue comme peu de choses en ce monde.

– Et alors?

– Votre nez n'a pas bougé. Donc, vous supportez. Donc, vous n'allez pas vous enfuir et me laisser en plan.

– Beaucoup de stagiaires vous ont quitté?

–Six! À commencer par ma fille. Elle s'est réfugiée chez sa mère. Elle m'a écrit pour me prévenir : elle reviendra quand je m'occuperai d'animaux propres; comme les dauphins.

– L'imbécile!

– Restez polie quand même, c'est ma fille.

– C'est pas une raison. Pourquoi avez-vous tant besoin d'aide ?

– Vous allez voir.

Il m'a conduit jusqu'à un hangar dont il a, précautionneusement, ouvert la porte. Au premier coup d'œil, je n'ai rien vu sur le sol qu'une couverture de haute laine brune.

J'en ai mentalement félicité le vicomte : voilà un éleveur qui offrait du confort à ses bêtes. D'ailleurs, où se trouvaient-elles ? Le mystère demeurait entier : à quelle activité, sûrement interdite, se livrait-on dans cette ferme ?

Et puis j'ai poussé un cri : la couverture bougeait, elle ondulait comme la mer quand un bateau l'a dérangée au loin.

En me penchant, j'ai reconnu mes amis, il serait plus juste de dire « mes cousins ». J'ai même compris pourquoi leur terrible odeur ne m'avait

pas indisposée. On ne sent plus ce qui vous est familier. Et quel être plus familier pour moi qu'un hérisson ?

*
* *

C'est en cette compagnie piquante et puante que j'ai passé les plus exquises des vacances, j'allais dire les plus *familiales*.

Ma responsabilité à moi était l'orphelinat. J'avais à prendre soin des bébés dont la mère venait de se faire écraser. Je devais leur donner le biberon et leur raconter des histoires pour éviter qu'ils ne s'agitent et ne blessent les autres.

Le soir de Noël, Adeline, la fille d'Ambroise, celle qui aime les animaux «gentils», nous a honorés de sa présence.

J'ai découvert à cette occasion un plaisir, moins intense peut-être que celui du mensonge mais plus subtil, plus gratifiant : les délices de l'hypocrisie. Je n'ai jamais tant souri que ce soir-là alors que

jamais je n'avais eu tant envie de mordre, de cogner, surtout de ridiculiser.

Heureusement qu'Adeline a grand besoin de sommeil. À onze heures, elle était couchée. Je n'aurais pas supporté une minute de plus le récit de ses jeux de ballon avec ses «meilleurs copains les dauphins».

Je n'ai pété les plombs qu'une seule fois.

Déjà, quand, de sa petite voix flûtée, elle a posé sa question, j'ai failli la baffer.

– Et rappelle-moi à quoi ça sert déjà d'élever ces petits animaux dégoûtants?

Son père lui a répondu, avec sa patience habituelle.

– Grâce à ces animaux dégoûtants, comme tu les qualifies, les agriculteurs évitent d'employer des insecticides. Un seul hérisson dans un champ le libère de tous ses insectes et aussi de ces ogres qu'on appelle les limaces.

Elle a grimacé. On aurait dit qu'elle allait vomir.

Hérissons, limaces... Au fond, mon père travaille dans l'ignoble. Comment puis-je annoncer ce métier-là à mes amis?

C'est alors qu'elle a reçu, artistiquement lancé par moi, l'objet le plus lourd que j'avais à portée de la main, un rond de serviette en fer.

Résultat : cinq points de suture à l'arcade sourcilière gauche.

Bref, ce petit incident mis à part, j'ai adoré la drôle de ferme. Je l'ai quittée en pleurant. Il faut avouer que cet Ambroise me manquait déjà. Et s'il m'adoptait ? Il faudra que j'éclaircisse ce point juridique avec Marie-Martine Gérard. Et sans doute nous aurons besoin d'un avocat. Un père peut-il échanger sa vraie fille idiote (elle) contre une jeune fille intelligente (moi) ?

IX

Horrible janvier, sinistre rentrée.

Trop de nuit, trop de froid dehors.

Trop de lumière dans la classe, trop d'eau brûlante dans les radiateurs.

À peine m'étais-je assise à ma place, me demandant comment j'allais survivre jusqu'aux prochaines vacances, que je vis paraître la tête toute blonde de Marie-Martine Gérard à travers le hublot percé dans la porte.

Le temps que M. Hi-hi-hi ouvre la bouche, j'étais déjà dehors.

Marie-Martine Gérard me prit la main et nous courûmes comme des folles jusqu'à son antre. Le principal nous vit passer, trop surpris pour réagir. Il ne hurla que plus tard: «Que se passe-t-il? Un incendie?» Il me semble bien, je ne peux en jurer et j'aime trop (d'amour) la vérité pour risquer de vous mentir, il me semble bien que le vent de notre course lui dévissa la perruque.

Mon amie nous enferma. «Nous ne sommes là pour personne.» Et je dus tout raconter de mon aventure hérissonne, sans omettre aucun détail.

En recommençant mon récit dès que je l'avais fini. Marie-Martine Gérard ne s'en rassasiait pas.

– Mon Dieu, mon Dieu, répétait-elle, que je suis heureuse… ton cas était si difficile… j'ai réussi… que je suis fière… quel beau métier que l'orientation! Quand tu es arrivée, j'étais perdue. Tu te rends compte, tu étais ma première, la première élève que je devais orienter. Un cas pas

102

très simple, non? Oh, comme je suis heureuse d'avoir trouvé la bonne voie pour toi!

– Il va falloir continuer.

– J'ai des projets. Je n'ai pensé qu'à toi, imagine. Même que le principal m'a convoquée. Il m'a menacée de sanctions. Il paraît que je ne m'intéresse pas aux autres élèves. C'est d'ailleurs vrai, non?

Oh, comme nous avons ri! Nous dansions.

Pas besoin de piano, de violons, ni de disques pour danser, il suffit d'avoir de la musique en soi.

C'est alors que la porte a résonné. Des coups violents.

– Que se passe-t-il, là-dedans? Vous vous croyez où? Allez, ouvrez tout de suite!

Nous avons arrêté net nos gigotements. Et à partir de ce moment nous nous sommes mises à chuchoter et à parler de plus en plus vite. Le principal tapait toujours.

– Raconte-moi, s'il te plaît, il paraît que tu parles hérisson?

– Qui te l'a dit?

– Le vicomte. Il ne veut plus d'autre stagiaire que toi.

– Je crois que c'est vrai. En tout cas, je les comprends quand ils parlent.

– Et c'est intéressant?

– Autant que nous, les humains. Ils pensent pareil, à manger, à faire l'amour et à éviter d'être écrasés.

Le principal changea de méthode.

– Très bien, je vais chercher Victor.

Cet homme-là était un costaud, un Sénégalais, un ancien lutteur de village, l'homme à tout faire du collège et surtout à faire peur : notre environnement n'est pas terrible. Drogue, grosses voitures volées, trafics en tout genre. Sans Victor, des bandes viendraient mettre la pagaille chez nous.

Nous accélérâmes encore le débit de notre conversation.

– Je veux retourner chez Ambroise pour Pâques.

– Attention, Histamine, tes autres animaux vont être jaloux.

– Quels animaux?

– Voyons, Histamine, tu as oublié ton arbre ? Mais le renard, bien sûr, et la sterne !

Chère, si chère Marie-Martine Gérard ! Même dans ces circonstances plutôt… tendues, elle pensait à tout.

– Tu as raison. Alors, tes nouveaux projets pour moi ?

– L'été prochain, la Californie.

– J'ai bien entendu ?

Dans le couloir, des pas se rapprochaient.

– Alors, mesdemoiselles, là… présentement… on fabrique le bordel ?…

C'était Victor. Sa voix n'allait pas avec son corps immense. Douce, flûtée. On aurait dit celle d'un adolescent poète et malingre.

– Pauvre porte ! Ne me forcez pas à l'enfoncer, quand même !

Marie-Martine Gérard avançait la main pour ouvrir. J'ai juste eu le temps de l'arrêter.

– Explique-moi d'abord. C'est quoi cette histoire d'Amérique ?

– Tu me promets de bien travailler ?

– Explique d'abord !

Victor nous aurait volontiers fait grâce d'encore un peu de temps mais le principal le poussait, il devait trépigner, sauter sur place : « Vas-y, qu'attends-tu ? C'est intolérable, je n'aurais jamais dû accepter cette Histamine dans mon collège, on m'avait prévenu, elle est encore pire que sa réputation, allez, vas-y ! »

– Un ! cria la petite voix de Victor.

Début du compte à rebours. L'affaire devenait grave.

— Voici, murmura Marie-Martine Gérard. Los Angeles est menacée de disparaître. Tout le monde cherche à prévoir le moment du Big One, le Grand Tremblement de Terre qui ravagera tout.

— Et alors ?

— Deux, gronda Victor.

— Et alors, les laboratoires utilisent tous les moyens scientifiques possibles, bien sûr, mais aussi les animaux.

— Pourquoi les animaux ?

— Parce qu'ils ont un sixième sens. Ils pressentent les drames avant qu'ils ne se produisent.

— Tu crois que les Américains m'accepteraient ?

— Je vais essayer. L'avantage, c'est que tu es une animale qui parle humain.

— Trois !

— Attention ! hurla Marie-Martine Gérard.

En s'abattant sur le sol, la porte, enfoncée par Victor, avait failli nous changer en poissons plats, soles ou saint-pierre.

Ces imbéciles et prétentieux d'Américains ont refusé ma candidature. D'après eux, j'étais beaucoup trop jeune, dépourvue de culture scientifique suffisante et «sans doute psychologiquement instable».

J'ai eu envie de leur répondre par une lettre où seraient mêlées injures et logique : si la princesse Histamine était *psychologiquement instable*, comment, ô imbéciles, pourrait-elle être assez sensible pour détecter les mouvements du sol ?

Marie-Martine m'a conseillé de rester tranquille. Que pouvait espérer l'humble petit collège

Albert-Camus de Jouy-en-Josas dans une bataille contre la glorieuse et toute-puissante université de Los Angeles, département des études sismiques ?

Je me suis rendue à ces arguments de sagesse. Mais nous n'avons pas baissé les bras. D'autant que mes parents, plus proches l'un de l'autre que jamais (l'épisode du « Cuir mauresque » avait disparu de leurs mémoires), traversaient une période économiquement difficile. Depuis toujours, mon père étudiait le fonctionnement des forêts tropicales. Un domaine qui intéressait de moins en moins le gouvernement. Année après année, les crédits se réduisaient, et aussi les salaires des chercheurs. Quant à ma mère, son travail avait été rétréci de moitié : elle collaborait avec un notaire qui, du fait de la crise, ne vendait plus aucune maison et ne rédigeait plus aucun contrat de mariage : les gens avaient peur de tout, même de fonder une famille. Puisque je ne supportais pas l'idée de manger des coquillettes à tous les repas (n'oubliez pas que je suis une princesse), je devais au plus vite trouver de l'argent. L'idée géniale et salvatrice est venue de Marie-Martine, comme toujours.

– On ne veut pas de toi pour détecter les grands mouvements de la Terre? Aucune importance! Occupe-toi des petits.

– Je ne comprends pas.

– En tant qu'arrière et arrière-petite-fille d'animaux, tu as des antennes que n'ont pas les autres humains.

– Ça, c'est sûr. Elles m'encombrent assez!

– Eh bien, on va les utiliser! Fais-moi confiance.

Chère, si chère Marie-Martine! Sans son imagination débordante, jamais je ne serais devenue celle que je suis: malgré mes pas tout à fait douze ans, une spécialiste de l'amour, grassement (mais discrètement et toujours en liquide) rémunérée pour ses enquêtes.

Mes services vous intéressent?

Voici comment j'opère.

Un époux (plus souvent une épouse) souhaite une expertise de l'état de son mariage. Sous un prétexte ou sous un autre, il

ou elle m'invite au domicile conjugal. Je regarde, je hume, j'écoute, je déploie mes fameuses antennes.

En quelques instants, mon opinion est faite mais je fais durer, pour justifier mes tarifs. Puis, d'une voix docte, je donne mes conclusions.

«Hélas, madame, de même qu'en des temps immémoriaux, l'Afrique et l'Amérique du Sud vivaient heureuses, emboîtées l'une dans l'autre, de même, aux premières années de votre amour, vous viviez emboîtés, votre mari et vous.

1 ROUGE
2 BLEU 3 ORANGE
4 ROSE 5 MARRON 6 VERT

« Hélas, je sens une force qui vous éloigne l'un de l'autre, semblable à celle qui continue de séparer chaque année de plusieurs centimètres l'Afrique de l'Amérique. Hélas, vous n'y pouvez rien.

« Votre seule ressource est de vous boucher les yeux et les oreilles et de ne pas voir la réalité.

« Mais vous m'avez appelée pour apprendre la vérité.

« Je vous la dis.

« Histamine est princesse de la vérité. »

Autre possibilité.

« Bonne nouvelle, monsieur, même si vous devez vous attendre à des jours inconfortables, la femme dont vous croyez qu'elle ne vous aimait plus va revenir et bouleverser votre vie. Je le sens, je le sais, mes antennes sont formelles.

« Savez-vous que l'Inde continue de monter vers le Nord et de pousser fort contre l'Asie ?

« Votre existence va devenir aussi escarpée (et magnifique) que la chaîne de l'Himalaya !

« Maintenant vous avez peur ?

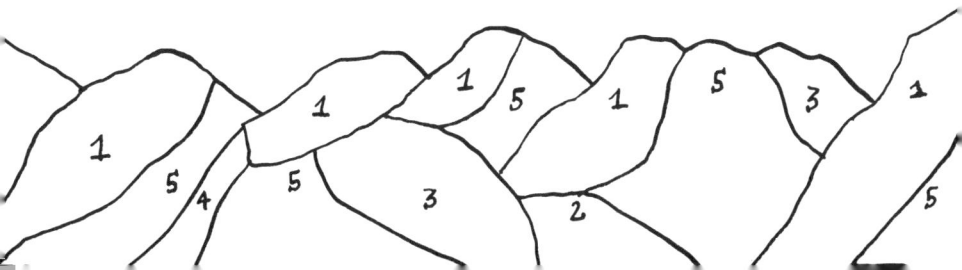

«Vous craignez d'aimer ?

«Tant pis pour vous. Des forces immenses sont à l'œuvre.»

Un jour, un client m'a regardée, longuement, d'un air affligé, et m'a demandé :

– Mais qui es-tu, Histamine ? Une sorcière ?

– Non, je suis une personne honnête. Plus je grandis, plus je deviens intelligente, mieux je comprends pourquoi je suis tellement allergique. Vous, votre corps supporte tout. Tant pis pour lui, tant pis pour vous. Moi, je ne supporte rien de ce qui n'est pas supportable. Parce que je suis honnête. HONNÊTE, vous entendez ?

Pauvre client !

Je crois qu'il n'a rien compris.

Vous verrez, Histamine ne va pas rester longtemps un cas isolé. Il y a déjà de plus en plus d'allergies.

Car la vie nous agresse, chaque jour, plus férocement.

XI

Quoi encore ? Pour finir de vous présenter ma famille, j'allais juste vous parler de mon grand frère. Un phénomène. Il se prénomme Éric. Personne ne court plus vite. Ça peut servir pour s'échapper. Je voudrais qu'il m'apprenne.

On ne peut pas me laisser tranquille ?

Il a beau se cacher, je l'ai bien reconnu, ce parfum qui se glisse sous ma porte. Souvenez-vous : rien n'échappe à mon nez parfait.

C'est ma mère. D'accord, gentille. Qui pourrait lui reprocher de faire pour sa fille son gâteau préféré (chocolat) ? Mais je vais lui rappeler ce que je lui ai déjà dit onze fois : pas d'anniversaire ! Je hais les anniversaires ! Douze ans, la belle affaire ! Je veux grandir et le plus tôt sera le mieux. Combien de temps vais-je rester petite fille alors que je ferais une femme si belle ?

Oui, je veux grandir mais pas question de vieillir !

Allez, je vous laisse. Je vais la prévenir, une fois encore : qu'elle ne compte pas sur moi pour souffler mes douze ridicules petites bougies ! Ne vous inquiétez pas, je vous raconterai la suite de mes aventures. Je vais continuer mes études, bien sûr, cahin-caha et faute de mieux.

Si quelque chose d'excitant se présente, faites-moi confiance, je ne ferai pas de vieux os dans ce collège.

Marie-Martine et moi, nous avons envoyé des lettres partout : à la société des fusées Ariane, au centre d'espionnage, à l'Enfance maltraitée, à la Recherche des maladies rares, à Voyageurs du monde, même à la Société de l'entraide aux allergiques…

Quelqu'un va finir par nous répondre.

J'ai confiance en mon destin.

J'ai dit que je vous raconterai, sans rien cacher. Préparez-vous à frissonner. On peut penser ce qu'on veut d'Histamine, qu'elle a tous les défauts.

Mais je tiens mes promesses.

Et ma vie s'annonce glorieuse.

DU MÊME AUTEUR

Loyola's Blues,
roman, Éditions du Seuil, 1974 ; coll. « Points ».

La vie comme à Lausanne,
roman, Éditions du Seuil, 1977 ;
coll. « Points », prix Roger-Nimier.

Une comédie française,
roman, Éditions du Seuil, 1980 ; coll. « Points ».

Villes d'eau,
en collaboration avec Jean-Marc Terrasse, Ramsay, 1981.

L'Exposition coloniale,
roman, Éditions du Seuil, 1988 ;
coll. « Points », prix Goncourt.

Besoin d'Afrique,
en collaboration avec Éric Fottorino
et Christophe Guillemin,
Fayard, 1992 ; LGF.

Grand amour,
roman, Éditions du Seuil, 1993 ; coll. « Points ».

Mésaventures du Paradis,
mélodie cubaine, photographies de Bernard Matussière,
Éditions du Seuil, 1996.

Histoire du monde en neuf guitares,
accompagné par Thierry Arnoult, roman, Fayard, 1996.

Deux étés,
roman, Fayard, 1997 ; LGF.

Longtemps,
roman, Fayard, 1998 ; LGF.

Portrait d'un homme heureux, André Le Nôtre,
Fayard, 2000.

La grammaire est une chanson douce,
Stock, 2001.

Madame Bâ,
roman, Fayard/Stock, 2003.

Les Chevaliers du Subjonctif,
Stock, 2004.

Portrait du Gulf Stream,
Éditions du Seuil, 2005.

Dernières nouvelles des oiseaux,
Stock, 2005.

Voyage au pays du coton,
Fayard, 2006.

Salut au Grand Sud,
en collaboration avec Isabelle Autissier,
Stock, 2006.

La révolte des accents,
Stock, 2007.

A380,
Fayard, 2007.

La chanson de Charles Quint,
Stock, 2008.

L'avenir de l'eau,
Fayard, 2008.

Courrèges,
X. Barral, 2008.

Rochefort et la Corderie royale,
photographies de Bernard Matussière,
Chasse-Marée, 2009.

Et si on dansait?,
Stock, 2009.

L'Entreprise des Indes,
roman, Stock, 2010.

Pour l'éditeur, le principe est d'utiliser des papiers composés de fibres naturelles, renouvelables, recyclables et fabriquées à partir de bois issus de forêts qui adoptent un système d'aménagement durable.

En outre, l'éditeur attend de ses fournisseurs de papier qu'ils s'inscrivent dans une démarche de certification environnementale reconnue.

Ouvrage mis en page par Adrienne Barman, Genève

Photogravure par Couleurs d'image

Achevé d'imprimer en octobre 2010
par Graficas Estella (Navarre)
pour le compte des Éditions Stock
31, rue de Fleurus, 75006 Paris

Imprimé en Espagne

Dépôt légal : novembre 2010
N° d'édition : 01
54-02-7060/4